AF612088

LE PRINTEMS.

POËME

TRADUIT DE L'ALLEMAND

DE Mr. DE KLEIST;

SUIVI DE L'AMOUR,

PETIT POËME EN DEUX CHANTS:

PAR LE

COMTE HENRY DE BREVANNES,

Officier au Regiment du Roi de France.

CONSTANCE,

ſe trouve chez Martin Wagner, Imprimeur de la Cour Epiſcopal. 1794.

PRÉFACE DU TRADUCTEUR.

En publiant cette traduction, je crois devoir donner ici une idée de la langue & sur-tout de la poësie allemandes à ceux qui n'en ont aucune connaissance.

La langue allemande est une langue mere, riche en mots, & féconde en expressions. La pluralité de termes dont elle se sert pour exprimer une même chose, rend ses tableaux & ses peintures infiniment plus susceptibles d'être variés que dans la notre; étant plus concise, elle renferme souvent dans une ligne, une idée qui pour être litteralement rendue en français en demanderait deux ou trois.

La poësie allemande a par-dessus tous ces avantages celui d'employer dans ses peintures des expressions tellement hardies, que traduites litteralement en français, elles passeraient presque pour gigantesques, tandis qu'en allemand, l'usage & le génie de la langue les rendent sublimes. C'est pour concilier les génies si differents des deux langues, que j'ai été obligé, tout en consultant la délicatesse du français, d'em-

ployer dans les tableaux des expreſſions qui pourraient paraitre trop hardies; mais je prie le lecteur de ſe rappeller que c'eſt ici une traduction, & que dans un pareil genre d'ouvrage, il vaut mieux ſe rapprocher du texte, pour en faire ſentir les ſublimes beautés, que de s'expoſer à lui oter ſa force & l'attenuer entierement, en le ſoumettant ſervilement à la minucieuſe ſuſcéptibilité de nôtre langage.

D'ailleurs les perſonnes qui entendent l'allemand ſeront à même de ſe convaincre en liſant l'original que je ſuis reſté en Français, bien au-deſſous de l'allemand tant pour la force des expreſſions qui effaroucheraient trop nos oreilles délicates, que pour les agréments du ſtyle, & la beauté de l'ouvrage en général; faute qui ne peut trouver d'excuſe que dans la faibleſſe de mes talents, qui n'auraient jamais du s'expoſer à aucun rapprochement avec le génie & les talents tranſcendants de Mr. de Kleiſt.

Je crois auſſi devoir, en terminant cette préface donner un précis de la vie de Mr. de Kleiſt, qui en faiſant connaitre ce qu'il était ſous tous les rapports, ne peut que le rendre encore plus intereſſant, & faire voir que la fin de ſa vie (malheureuſement trop courte) en le couvrant de gloire, doit arracher des larmes bien ſincères, aux braves & fideles ſerviteurs de leurs ſouverains, auſſi bien qu'aux vrais amateurs des belles lettres.

PRECIS DE LA VIE

DE Mr. DE KLEIST.

Ewald Christian de Kleist naquit à Zéblin près de Köslin, dans la Poméranie, le 5 *Mars de l'année* 1715. *Sa mere sortait de la famille de Mannteufel, egale en gloire, & en service à la famille de Kleist. A l'age de* 9 *ans on le mit à l'école des Jésuites à Kron dans la grande Pologne, & à* 15 *il fut envoyé au collége à Dantzig. A* 17 *ans il entra à l'université à Königsberg & y étudiait avec un zéle extraordinaire le droit, la philosophie, & les mathématiques. Quand ses études furent achevées, il se rendit en Dannemark auprès de ses parents. Ceux-ci le solliciterent vivement de se fixer près d'eux dans ce pays; mais ayant plusieurs fois inutilement tenté de s'y procurer un emploi convenable, à son esprit, ses talents, & ses connoissances, ses parents lui conseillerent d'embrasser l'état militaire, à la suite des généraux de Staffelt & de Folckersahm. Il le fit & dans la* 21*eme année de son age il était officier dans l'armée danoise. Il s'appliqua dès lors aux sciences relatives à l'art militaire, avec le même zèle qu'il étudiait le droit quelque tems auparavant. En* 1740, *à l'avénement de Fréderic le grand au throne de Prusse. il se rendit à Berlin & se fit presenter au roi, qui le plaça en qualité de lieutenant au régiment du prince Henry son frere. De Kleist assista aux campagnes* *qui immortalisent les 5 premieres années du regne de ce monarque prussien. Là il fut à même de joindre la pratique, à la théorie de l'art de la guerre & chercha à acquerir les connaissances, & le talent d'un capitaine consommé.*

En 1749 il fut fait capitaine; & c'est cette année qu'il composa son poëme du Printems, pour la redaction du quel il avait rassemblé des idées, dans ses promenades solitaires qu'il appellait * sa chasse poetique d'images. *Les années suivantes il fit paraitre differents autres petits poëmes. Avant l'éruption de la guerre, le roi le choisit avec quelques autres officiers, pour servir à Potsdam de commensal au jeune prince Frederic Guillaume. En 1756 premiere année de la guerre il fut nommé quartier-maitre général, au régiment du général de Hausen, qui était en garnison à Leipzig. Pendant ce tems de tranquillité, il travailla à plusieurs nouveaux poëmes qui ont depuis été imprimés, & qu'il envoya en 1758 tous corrigés à ses amis à Berlin.*

Après la bataille de Rosbach, le roi lui donna par un ordre exprès de sa main l'inspection en chef du grand hopital à Leipsig. Les blessés des deux partis, & tous les habitants de la ville s'accordent unanimement à louer le caractere humain qu'il fit paraitre dans cet emploi, ainsi que son extrême désinteressement.

Au mois de Fevrier 1758 il fut envoyé à la tête de quelques troupes à Zerbst pour l'arrestation

---

* Poetische Bildcrjagd.

du Marquis de Fraignes & immédiatement après à Bernburg pour son exécution. On peut apprendre de la bouche de ceux mêmes contre lesquels il a été employé, combien d'amour & d'estime lui ont acquis sa conduite, dans ces deux expéditions si désagréables pour lui même.

Il fit la campagne de 1758, à l'armée du prince Henri, qu'il avait instamment sollicité à Leipzig de prendre avec lui le régiment d'Hausen. L'a les occasions de se distinguer ne pouvaient lui manquer & il partageait son courage avec le bataillon qu'il commandait. A la fin de la campagne les forces de la maison d'Autriche se porterent sur Dresde, & l'armée prussienne fit sa retraite par cette place. Le régiment d'Hausen & un autre régiment formant ensemble l'arrière garde de l'armée essuyerent pendant quelques heures tout le feu de l'artillerie autrichienne, en défilant dans les gorges de Plauen. Mr. de Kleist en cette rencontre deploya toute la bravoure & tous les talents susceptibles de conserver un poste aussi dangereux qu'important, qui servait à arrêter toute l'armée autrichienne.

Au commencement de la campagne suivante 1759, il alla en Franconie avec l'armée du prince Henry & resta pour quelques affaires de peu d'importance auprès de cette armée jusqu'à cè qu'il fut envoyé avec le corps du général de Fink à celle du roi contre les russes. Le 12 aoust se donna la sanglante bataille de Kunnersdorf dans laquelle son voeu de mourir noblement pour sa patrie, & son roi devait être éxaucé.

Les personnes qui ont conversé avec Mr. de Kleist la veille du combat, & le jour même avant midi, lorsque l'armée marchait à l'ennemi, assurent qu'il était d'un contentement & d'une gaité extraordinaires. Il n'avait jamais fait grand cas de sa vie, & il n'y parut jamais moins attaché qu'en cette occasion où il avait le choix de vaincre ou de mourir sous les yeux de Frederic son roi. Il attaqua sous les ordres du général de Fink, le flanc de l'armée russe. A la tête de son bataillon, il avait dejà aidé à emporter 3 batteries, & avait reçu 12 fortes contusions. Il venait d'être tellement blessé aux 2 premiers doigts de la main droite qu'il avait été obligé de prendre son epée de la gauche.

Son poste comme major l'obligeait à se tenir derrière le front de bataille, mais il ne tarda pas long tems à se mettre à la tête du bataillon, ayant vu l'officier qui le commandait, hors d'état par ses blessures de continuer le service. Il appelle près de lui tous les portes-drapeaux de son regiment, & en prend même un par le bras pour le faire avancer. Il conduit son bataillon contre la 4eme batterie sous le feu le plus terrible. Il venait d'être tellement blessé par une balle au bras gauche, que ne pouvant plus tenir son epée avec la main de ce bras, il l'avait ressaisi avec les 2 derniers doigts & le pouce de la droite. Enfin il pousse en avant & n'était plus qu'à 30 pas de la derniere batterie, lorsqu'il a la jambe droite fracassée par un boulet de canon.

De Kleist tombe alors de cheval, & tendant les bras à ses soldats, il leur crie: mes enfans, n'abandonnez pas votre roi.

En vain il essaya plusieurs fois de se faire remettre à cheval, ses forces l'abandonnerent & il tomba en faiblesse. Il fut porté derrière le front de bataille par 2 soldats de son régiment, & un de son ancienne compagnie au régiment du prince Henry, que son amour & son attachement à son ancien capitaine avait amené près de lui. Un chirurgien était occupé à bander ses blessures, mais il reçoit lui même une balle dans la tête. De Kleist cherchait à lui porter secours mais ce fut en vain, & le malheureux chirurgien tomba mort à ses cotés.

Bientot arriverent les cosaques qui le dépouillerent, & le jetterent tout nud dans un marais. Fatigué de ces violentes secousses, il s'y assoupit & y dormit aussi tranquillement que s'il eut été dans sa tente.

Dans la nuit il fut trouvé par quelques hussards russes qui le tirerent sur un terrain sec, & l'étendirent sur quelque peu de paille auprès de leur feu de grand garde; ils lui jetterent un manteau sur le corps, & lui mirent un chapeau sur la tete. Ils lui donnerent aussi du pain & de l'eau. L'un de ces hussards voulait encor avoir de lui des soins plus particuliers, ce dont Kleist cherchait à le détourner sur-tout quand il voulut lui faire prendre une piece de 8 Groschen qu'il refusa absolument. Ce fut avec un sentiment de peine bien digne d'éloges & d'admiration, que le hussard qui l'avait couvert de son manteau, se vit obligé de le lui oter quand il fallut partir avec ses camarades. Les cosaques revinrent le matin, & lui enleverent de nouveau tout ce que les charitables hussards lui avaient donné. Kleist resta de nouveau etendu tout nud par terre, jusque vers midi ou un officier russe venant à passer il se fit connaitre à lui. Cet officier le fit conduire sur une voiture à Franckfort sur l'Oder. Sur le soir il tomba dans une faiblesse extraordinaire, étant pourtant soigneusement pansé.

Malgré les douleurs que lui causaient ses bandages, il était assez tranquille. Il lisait beaucoup, & s'entretenait avec les sçavants de Franckfort, & les officiers russes qui le visitaient avec beaucoup de soin. Dans la nuit du 22 au 23 ses os fracassés se séparerent, & lui déchirerent une arterre. Il perdit beaucoup de sang, avant que l'on put bander de nouveau cette plaie & étancher l'hémorrhagie. Depuis ce moment sa faiblesse empira. La douleur lui causa même quelques mouvements convulsifs. Il conserva pourtant toute sa tête, & son bon sens, & mourut avec toute la fermeté d'un heros vertueux le 24 aoust à 2 heures du matin, aidé des prieres du professeur de Nicolai qui reçut ses derniers soupirs.

On enterra ce heros sur un territoire de la jurisdiction ennemie voisin de la ville de Franckfort, avec toutes les marques d'honneur possibles que lui firent donner le commandant russe, le colonel de Schnettow, & le major de place de Stackelberg.

Mr. le professeur de Nicolai fit son oraison funèbre, laquelle fut précédée & suivie d'une musique triste analogue à la circonstance. Le cercueil porté par 12 grenadiers à cheval était suivi du commandant, & d'un grand nombre d'officiers russes; après eux venaient les professeurs & plusieurs membres du Magistrat. Les étudiants fermaient la marche.

Ainsi mourut de Kleist, aimé pendant sa vie, de tous ceux qui le connurent, & regretté après sa mort de ses ennemis mêmes. Le roi & la patrie perdirent en lui un officier vaillant & expérimenté, l'allemagne un poëte incomparable, & ses amis, un excellent ami dont ils ne sçauraient assez pleurer la perte.

FIN DE LA VIE DE KLEIST.

ODE DU TRADUCTEUR.

A FLORE.

Déeſſe du Printems déſcends aimable Flore,
Pour enchanter nos yeux, émailler nos gazons!
Viens! les fleurs ſous tes pas s'empreſſeront d'éclorre,
L'hiver & ſes frimats ont quitté nos vallons.

Les plaiſirs vont renaitre, & déja la nature
Au monde rajeuni prodigue ſes tréſors;
De guirlandes de fleurs enlaſſe la verdure
Des limpides ruiſſeaux viens couronner les bords!

De Myrthes réunis aux fleurs que tu nous donnes
L'amour toujours adroit à déguiſer ſes traits
Par les mains d'un berger compoſe des couronnes,
Et la jeune bergère en pare ſes attraits.

Riant avant-coureur des bienfaits de l'automne
Si dans les fleurs des champs tu ſouris aux bergers
Utile autant qu'aimable en couronnant Pomone
Des plus riches tréſors tu couvres nos vergers.

Viens auſſi de tes dons, viens couronner ma lyre
Soutiens ma faible voix, dicte tous mes accents,
Toi ſeule dois parler, ton charme ſeul m'inspire
Qui ſçaurait mieux que toi célébrer le printems

LE PRINTEMS.

POËME.

O fortunati nimium bona si sua bene norint agricolæ.

VIRG. . . GEORG.

Recevez moi forêts, berceaux, ombrages frais!
Vous, dont un verd naissant couronne les attraits;
Que faisant retentir vos voutes de verdure,
Mes accents, au berceau célèbrent la nature!
Inspirez tous mes chants! & vous tendres ruisseaux
Qui coupez les gazons par cent dédales d'eaux;
Prés émaillés de fleurs, vallon qui se colore
D'un tapis nuancé par les pleurs de l'aurore;
Souffrez que m'enivrant de vôtre douce odeur
Je respire chez vôus la paix & le bonheur.
Sur ces riants coteaux, soir & matin ma lyre
Chantera les transports que ce séjour inspire.

Sur un char ou brillaient les plus vives couleurs
Le printems couronné de guirlandes de fleurs

Eſt descendu des Cieux: ſa bouche demi-cloſe
D'ou ſ'échappe en Zéphir une haleine de roſe;
Bientôt a la nature a rendu ſes appas.
A ſon aſpect riant les glaces, les frimats
S'écroulent en fondant. & du haut des montagnes
Vont former les torrents, inonder les campagnes.
Le laboureur frémit... mais déja le printems
A chaſſé devant lui les brumes, les autans.
Le Ciel eſt plus ſerein; rentrés dans les rivages
Les torrents, dans les champs ont ceſſé les ravages
Dans l'ombre de la nuit revenant ſur ſes pas,
L'hiver couvrait encor la terre de frimats;
Eole, ouvrant du nord les cavernes profondes,
Livrait encore aux vents, & la terre & les ondes..
Zéphir ſouffle; à l'inſtant les coteaux, les vallons
Se couronnent de fleurs, de tapis de gazons;
Dans les réduits obscurs d'un berceau de verd tendre
Les plus douces chanſons déja ſe font entendre.
Phébus de rayons d'or colorant les ruiſſeaux;
D'étincelles de feu ſemble ſemer leurs eaux;
Pour enivrer les ſens toutes les fleurs s'uniſſent;
Et du chant des bergers les échos retentiſſent.

Malheureux, que du ſort accablent les revers
Venez gouter les biens d'un nouvel univers!

Vous, dont le cœur ſenſible aux chagrins eſt en proie,
Ouvrez enſin votre ame aux rayons de la joie.
Laiſſez l'ambitieux, l'avare, l'envieux,
Dans les ſoucis rongeurs couler des jours affreux,
Jouiſſez du bonheur, il eſt la récompenſe
Que le Ciel bienfaiſant réſerve à l'innocence.
Etres infortunés, ſavourez le plaiſir!
Les forets, les gazons pour vous ſeuls vont verdir.

Et vous jeunes beautés, vous du printems compagnes
A vos riches priſous, préferez les campagnes·
L'écho vous redemande, & Zéphir amoureux
Déſire, impatient, de boucler vos cheveux:
Que Flore de ſes dons, orne vos ſeins d'albatre,
Et qu'au milieu de vous la volupté folatre.

Sur un roc éscarpé couronné d'arbriſſeaux,
Que d'un fleuve bleuatre enveloppent les eaux,
Je veux, foulant l'émail d'un tapis de verdure
Contempler les tréſors, enfants de la nature.
Pacifiques hameaux, vallons, coteaux, forèts,
L'œil ne peut embraſſer tant de riches attraits!
Ou porter ſes regards? ſur cette plaine immenſe
Couverte des tréſors que Cérès nous diſpenſe.
Fixerai-je mes yeux ſur ces bois de roſiers
Qui couronnent de fleurs le criſtal des viviers?

Des flots, dans le lointain, on voit l'azur humide
Bouillonner ſur le dos de la plaine liquide.
Le ſoleil réflechi dans ce miroir mouvant
Fait du ſein de Thétis un nouveau firmament;
Plus loin, de fiers courſiers agitant leur crinière
Henniſſent, & courant font voler la pouſſière.
Vers la ferme prochaine, à pas lents le taureau
A travers le marais guide un nombreux troupeau.
D'ormeaux & de tilleuls, une route charmante
Deſſine le contour d'une vigne naiſſante.
L'alouette au deſſus de ces tréſors divers
S'éleve en gazouillant, & plane dans les airs;
Son chant, du laboureur charme un inſtant la peine
Mais le devoir bientot au travail le ramène,
Et courbé ſur le ſoc, il trace de nouveau
Des ſillons, que du bec vient creuſer le corbeau;
Le ſemeur a pas lents derriere lui s'avance,
Sa main en gouttes d'or fait pleuvoir la ſemence.

Heureux agriculteur, puiſſes-tu recueillir
Et les grains & les fruits que tes ſoins font murir!
Mais hélas trop ſouvent les fureurs de la guerre
Détruiſent ton eſpoir en ravageant la terre.
Des hordes de brigands dévaſtent les guerets,
Renverſent les hameaux, embraſent les forets;

Ils

Ils répandent au loin la terreur, les allarmes,
Au milieu des moiſſons, l'on voit briller les armes,
Et le bronze, à travers un déluge de feu,
Fait pleuvoir le carnage, & la mort en tout lieu.
Cent tonnerres d'airain font trembler les montagnes,
Des cadavres ſanglants épars dans les campagnes
N'offrent de tous cotés que l'éffroi, la terreur;
L'aſtre du jour pâlit, & ſe cache d'horreur.....
Un malheureux jeune homme à la fleur de ſon âge
Bleſſé mortellement au milieu du carnage,
S'éfforce, mais en vain, d'arrêter un inſtant
Le ſang qui de ſon corps s'échappe en bouillonant;
Son œil ſe ferme au jour, & ſa bouche tremblante
Par un dernier éffort appelle ſon amante.

O Vous à qui le Ciel a mis entre les mains
Les tréſors de la terre, & le ſort des humains;
Rois! laiſſez le carnage & le meurtre aux barbares,
Du ſang de vos ſujets ſoyez toujours avares;
Epargnez vos enfants, & qu'au ſein de la paix,
Par vous le monde heureux vous béniſſe à jamais.
Protégez l'innocent, puniſſez le coupable,
Rendez le vice affreux, le mérite honorable,
Et la balance en main, recherchez tour à tour
La vertu ſous le chaume, & le crime à la cour.

Muſe, changeons de ton, & dans cette prairie
Parcourons du fermier la ſimple métairie.
L'art n'y mit pas les mains, le marbre de Paros
Ne s'y transforme point en colonne, en héros;
Un antique tilleul couvre de ſon ombrage
La maiſon qu'une vigne orne de ſon feuillage.
Dans la cour, un étang d'un limpide criſtal
Réflêchit le ſoleil au fond de ſon canal;
Au bord de cette mer la poule déſolée
De la voix & de l'aile appelle ſa couvée,
La petite famille, à travers les roſeaux,
Inſenſible à ſes cris badine ſur les eaux.
Une corbeille en main, la gentille fermière
Appelle au grand feſtin la république entiere;
Chacun fait diligence, & bientôt le repas
Se termine au milieu de terribles combats.
Un timide lapin dans ſa retraite obſcure
L'œil & l'oreille au guet broute un peu de verdure.
L'amoureuſe colombe arrange ſes atours,
Appelle en roucoulant l'objet de ſes amours;
Il ſemble la bouder, il garde le ſilence...
Son amante plaintive en ſoupirant s'avance,
Le provoque, & bientôt les plus doux ſentiments
Se peignent dans le feu de leurs embraſſements.

Le bonheur leur ſourit, & le couple fidèle
Vers le gazon prochain s'envole à tire-d'aile.

Entrons dans le jardin rempli de mille fleurs
Qui parfument les airs de ſuaves odeurs.
Sur la roſe & l'œillet, à travers le feuillage
Zéphir en folatrant embeaume le bocage.
L'art n'y fait point verdir en dépit des hyvers
Des arbres tranſplantés des bouts de l'univers ;
Un parterre, un verger, des mains de la nature
Reçoivent tout l'éclat de leur humble parure.
Dans ſa ſimplicité, quel ſuperbe tréſor !
La tulipe en panache, ouvre un calice d'or ;
Le jacinthe offre à l'œil ſa tige chancelante ;
En clochettes d'argent le muguet ſe préſente ;
De la reine des fleurs le calice vermeil
Dore ſon incarnat aux rayons du ſoleil,
La violette en fleur couronne la verdure ;
La belle de nuit ſeule avare de parure
Semble d'un jour brillant redouter le regard,
Et dans tous ſes attraits ne ſe montre que tard.
C'eſt d'un cœur noble & grand la véritable emblême
Il n'aime la vertu que pour la vertu même,
Il ne recherche point des éloges flatteurs
& répand ſes bienfaits loin des admirateurs.

De l'oifeau de Junon admirez le plumage;
D'iris, d'or, & d'azur, quel brillant affemblage!
Fier & fe pavanant il nuance l'émail
Qu'en forme d'arc-en-Ciel offre fon évantail.
De nombreux papillons folatrent fur les rofes,
& careffent les fleurs nouvellement éclofes:
Toutes briguent leur choix; mais leur légèreté
Sur chacune un inftant cherche la volupté;
Aucun attrait ne peut fixer leur inconftance
& pour eux le dégout nait de la jouiffance.

Le maitre du jardin greffe des cerifiers
Sur les fauvages troncs des jeunes pruneliers,
Qui dans quelques printems s'étonneront peutêtre
A des fils étrangers d'avoir pu donner l'être.
Sa femme près de lui partage fes travaux
Soigne les fleurs, les fruits, plante les arbriffeaux;
Ils ignorent en paix les chagrins & les larmes.
Un enfant (c'eft l'amour il en a tous les charmes)
Près fa mere folatre, & femble, l'embraffant
Vouloir lui bégayer ce que pour elle il fent.

Heureux peuple des champs dont la tranquille vie
S'écoule loin des cours, de l'orgueil, de l'envie,
Comme un ruiffeau limpide à travers mille fleurs;

Laiſſe ces conquerants affamés des honneurs,
Couronnés de laurier des mains de la victoire,
Sur un char triomphant faire briller leur gloire;
Mille fois plus heureux celui qui peut en paix,
Chanter & ſommeiller ſous un feuillage épais!
Pour qui dans un bosquet Philomèle plaintive
De ſes chants amoureux fait retentir la rive;
Qui le ſoir d'un beau jour voit le couchant vermeil
Se colorer de pourpre aux rayons du ſoleil.
Dans les bois, les vallons, banniſſant la triſteſſe
Son cœur eſt enivré d'une pure allégreſſe,
La nature lui ſert un repas ſans apprets,
Et le ſeul appétit aſſaiſonne ſes mets.

Hélas ſi quelque jour ſur un lit de verdure
Je pouvais des ruiſſeaux entendre le murmure;
Voir l'ennui s'envoler ſur l'aile des Zéphirs
Et gouter en repos les champêtres plaiſirs;
Que la douce amitié, me prodiguat ſes charmes,
Que la main de Doris put éſſuyer mes larmes!
Me nourrir des leçons de ces ſages ésprits
Quoique morts immortels par leurs doctes écrits;
Mes vœux ſeraient comblés; tous les palais du monde
Tous les riches tréſors de la terre & de l'onde,

Ces marbres animés qui bravent le trépas,
Enfin le monde entier ne me tenteraient pas.

O ſource de bonheur ô mer de bienfaiſance,
Ciel, répands dans mon ame un rayon d'éſpérance!
Hélas loin du repos, mes jours infortunés
A couler triſtement ſeraient-ils condamnés!
Tels que la fleur des champs; le matin l'a vu naitre,
Elle n'eſt plus le ſoir, & n'a fait que paraitre:
Non! tu veilles ſur moi, l'éſpoir eſt dans mon cœur,
& j'apperçois déja l'aurore du bonheur.
Quel heureux changement, quelle ſcéne charmante!
A mes yeux enchantés l'avenir ſe préſente.
Au milieu des buiſſons de roſes & de lys,
Mon cœur avant mes yeux apperçoit ma Doris;
Elle unit à ſa voix les accords de ſa lyre,
La nature ſe tait, le roſſignol admire.
L'haleine du Zéphir porte à l'écho ſes chants
Qui cent fois répetés n'en ſont que plus touchants.
Le Ciel s'ouvre: Vénus deſcend avec les graces,
Les ris & les amours voltigent ſur ſes traces;
La Déeſſe auſſitot des plus tendres concerts
Fait retentir les Cieux, & charme l'univers...
Prés émaillés de fleurs, vallons, coteaux, bocages,
Criſtal qui ſerpentez ſous ces épais feuillages

Vous faites mon bonheur, mais quoi..vous m'échappéz
Ah! mes yeux éblouis se feraient-ils trompez?
Divins objets, pour moi n'étiez vous qu'un mensonge
Et mon bonheur, hélas, n'était-il donc que songe!
Puisqu'un rêve si doux se dissipe au réveil,
Accorde moi, destin, un éternel sommeil.

Mais pourquoi l'avenir troublerait-il d'avance
Les faveurs que le Ciel aujourd'hui me dispense?
Fuyez soucis rongeurs, laissez mon ame en paix
Respirer un moment sous cet ombrâge frais.
Je veux du rossignol entendre le ramage
Célébrer de deux cœurs l'amoureux esclavage;
Des labirinthes verds parcourir les détours,
Et parmi les bergers couler mes heureux jours.
O séjour fortuné, solitude charmante,
Que ta douce langueur pour l'ame est ravissante!
Forêts, sombres réduits de la tranquillité
Dont Phébus n'a jamais percé l'obscurité!
Quand Zéphir vous agite avec un doux murmure,
L'œil croit appercevoir des vagues de verdure;
Un limpide ruisseau vous baigne & de ses dons
Flore embeaume les airs, & séme vos gazons.
Au fond d'un antre verd, assis au pied d'un hêtre,
Le berger fait entendre un chalumeau champêtre,

L'echo, long-tems après, repete ſes accents
Dont le ſon affaibli ſe perd avec les vents.
A mi-cote ſous lui, quelques chevres légéres
Sur des rocs éſcarpés parcourent les bruyeres.
De rochers en rochers, plus promts que les éclairs,
Les daims & les chevreuils s'elancent dans les airs,
Un cerf majeſtueux, au bord d'une onde claire
Se repoſe à l'abri d'un bosquet ſolitaire.
Par l'amour animés des courſiers écumants
Jettent leurs crins en l'air, bondiſſent dans les champs;
Leurs flancs ſont agités, le ſang gonfle leurs veines,
Le gazon eſt fletri du feu de leurs haleines;
Ils ſemblent reſpirer l'ardeur, & le plaiſir,
Et le feu qui les brule eſt le feu du déſir.
Ils cherchent la fraicheur dans une onde limpide,
Ils plongent, & bien-tot d'une courſe rapide
Sélançant à travers les vallons, les coteaux,
Contemplent ſous leurs pieds, les forêts & les eaux.
Les taureaux animés d'une ardeur printaniere,
De leurs cornes en l'air font voler la pouſſiere,
Les rocs ſont ébranlés de leurs mugiſſements....
De la cime des monts, d'impétueux torrents,
Précipitant leur cours à travers les broſſailles,
Font voler les rochers en éclats de rocailles,

Et pouſſent dans les champs, de leurs flots écumeux,
Les arbres arrachés qu'ils trainent avec eux.
Les hôtes des forets dépouvante fremiſſent,
Et dans le fond des bois les grottes retentiſſent.
Allarmés d'un tel bruit, les timides oiſeaux
En ſilence du bois deſertent les berceaux,
Et s'en vont à regret, de leur tendre ramage
Egayer loin de là quelque nouveau bocage.
Ils vont en gazouillant célébrer leurs amours,
Je veux les épier . . . ruiſſeau ſuſpends ton cours,
Zéphir ne ſouffle pas . . . d'une douce harmonie
Mes ſens ſont transportés, & mon ame eſt ravie!
L'echo des ſallons verds repete leur chanſon,
Les arbres ſont émus la foret n'eſt qu'un ſon.
Les pinçons amoureux ſur la cime d'un hêtre
Célébrent les plaiſirs que le printems fait naitre.
Mille chardonnerets dans leur gazouillement
Semblent ſe conformer à leur ſautillement;
Sur les chardons fleuris, dans leur courſe volage
Ils étalent aux yeux l'émail de leur plumage;
Le merle, la fauvette, & mille oiſeaux divers!
Renforcent de leurs voix, les ruſtiques concerts.
Le roſſignol tout ſeul dédaignant le vulgaire,
Cherche l'épais réduit d'un berceau ſolitaire.

Dans un calme profond, la nuit d'un crêpe obſcur
Voilait encor Phébus, & la voute d'azur,
La nature dormait dans un morne ſilence,
Lorsque le chantre ailé ſe réveille, & commence.
Caché dans les buiſſons qui bordent un canal
Dont un gazon naiſſant couronne le criſtal,
Il admire un moment ces ſolitudes ſombres,
Et ſa voix rompt enfin le ſilence des ombres.
D'abord des ſons plaintifs, de longs gémiſſements
Préludent en accords ſes doux roucoulements;
Son flexible goſier, tour à tour fait entendre
Un ſon plaitif, ou gai, majeſtueux, ou tendre.
Si dans un trébuchet un déſir curieux
Entraine imprudemment ſa compagne à ſes yeux,
A jamais de ſes chants il bannit toute joie,
Des chagrins, & des pleurs ſon cœur devient la proie.
Ses douloureux accents, dans le bois nuit & jour
Demandent aux échos l'objet de ſon amour.
Il tombe palpitant, demi-mort ſur la rive,
De ſon amante en pleurs il voit l'ombre plaintive,
Qui teinte de ſon ſang par des monſtres cruels
Lui fait en ſoupirant des adieux éternels.
A ce ſpectacle affreux tous ſes membres frémiſſent,
De ſanglots redoublés les berceaux retentiſſent,

Mais la force lui manque, & ſon dernier ſoupir
S'envole dans les airs ſur l'aile du Zéphir.

Mais quels gémiſſements, quel ſon plaintif & tendre
Du fond d'un chêne creux ſemblent ſe faire entendre?
Eſt-ce un rêve? mais non, j'apperçois le ramier,
Qui dirige ſon vol ſur le bord d'un vivier.
De brins ſecs, de roſeaux cet architecte habile
Revient à ſes petits préparer un azyle.
Peuple ailé, quel inſtinct vous apprend avec art
Contre les yeux méchants à vous faire un rempart?
Dans vos plus tendres ſoins quel ſentiment vous guide?
C'eſt toi maitre des Cieux, ta main ſeule eſt leur guide!
Ta grandeur, dans un ver brille autant à nos yeux
Que dans les Séraphins dont tu peuplas les Cieux.
Mer immenſe, & ſans fond, ô ſource bienfaiſante
Tout découle de toi, mais rien ne t'alimente!
Les céleſtes flambeaux, les aſtres les plus purs
Ne ſont de ton éclat que des reflets obſcurs.
O maitre tout puiſſant du Ciel & de la terre,
Les volcans à ta voix vomiſſent le tonnerre,
Les fleuves enchainés s'arretent ... & les flots
Ouvrent en bouillonant les abymes des eaux.
La foudre & les éclairs, célébrant ta puiſſance,
A l'univers tremblant annoncent ta préſence.

Les Cieux d'un pôle à l'autre, en répétant ton nom,
Font entendre à l'éſprit un harmonique ſon.
O divin Créateur, quel mortel téméraire
Croirait de ta grandeur pénétrer le myſtère?
En vain l'éſprit pourrait, porté ſur les éclairs
Ou ſur l'aile des vents, parcourir l'univers;
Entaſſer par milliers des mondes ſur le nôtre,
Et les ſiecles futurs & paſſés l'un ſur l'autre,
Il ne peut approcher dans ſa témérité
De ta grandeur de Dieu, ni de l'éternité.
Ma lyre, ceſſez donc de chanter ſa puiſſance,
Qu'a vos foibles accords ſuccède le ſilence.

Zéphir, des doux parfums qu'il cueille ſur les fleurs,
Emplit ce verd bosquet d'odorantes vapeurs.
Je veux ſur ce gazon qui borde la prairie,
Réſpirer à longs traits ſon háleine ſleurie.
Venez de la ſageſſe agréables amis,
Occuper mes loiſirs, éclairer mes éſprits,
Au milieu des frimats, dans ſon deuil, la nature
En vous liſant, pour moi ſe couvrait de verdure.
Venez dans nos vallons, épancher dans mon ſein,
Les rayons bienfaiſants de vôtre feu Divin,
Célébrez la vertu, pourſuivez la moleſſe
Qui ſur la pourpre & l'or, étale ſa pareſſe.

Au bord de ce ruiſſeau, les graces & l'amour
Dans ce bocage frais ont fixé leur ſéjour.
Par Zéphir agité, l'émail des fleurs naiſſantes
Offre à l'œil une mer de vagues odorantes *
A travers les roſeaux, dans le creux du vallon
Voyez ſur ſes longs pieds promener ce héron.
Près de lui la cigogne, au bord d'une onde pure,
Dans le criſtal des eaux cherche ſa nourriture.
Par mille tours divers un vanneau dans les champs
Ecarte de ſon nid une troupe d'enfants.
Sur les gazons fleuris, ſur les roſes vermeilles
Voyez en bourdonnant voltiger ces abeilles;
Elles viennent ſucer le calice des fleurs
Qu'aurore le matin arroſe de ſes pleurs;
Couvertes de butin, ſous un toit de feuillage
Elles vont promtement ſe remettre à l'ouvrage.
Tel, un ſage occupé du bonheur des humains
Va s'inſtruire en courant les rivages lointains,
Et chargé de tréſors, revient à ſa patrie
Enſeigner le chemin du bonheur de la vie.
Dans le milieu d'un lac, ſur la face des eaux
Une isle ſemble aux yeux nager contre les flots.

---

* . . . . ein Meer von holden Gerüchen wallt unſichtbar über Flur in groſſen taumelnden Wogen.

Un déſordre enchanteur ſur la rive fait naître
Le charme, le ſureau, l'églantier, & le hêtre.
Le chevrefeuille, autour des jeunes arbriſſeaux
Fait en réſeaux de fleurs ſerpenter ſes rameaux;
Par d'amoureux liens toutes les fleurs s'uniſſent,
Et de leur doux parfum les bosquets ſe rempliſſent;
Fière de ſa blancheur l'aubépine plus bas
Dans le miroir des eaux fait briller ſes appas.

Théatre raviſſant qui me comble de joie,
De quels brulants rayons hélas es-tu la proie!
Une vapeur ardente, en déſſechant les fleurs
Semble oter tout éſpoir aux pauvres laboureurs.
Ciel, viens à leur ſecours, & plein de bienfaiſance
En verſant tes tréſors ſoutiens leur éſpérance!
Mais déja je les vois, déja de toutes parts
Les vents ont raſſemblé les nuages épars,
Leur ſouffle impétueux à travers le feuillage
Par d'affreux ſifflements vient annoncer l'orage.
Le ſoleil eſt voilé d'un lugubre bandeau,
Et les Cieux ſont couverts d'un humide rideau.
Des cercles argentins qui ſillonent les ondes
Annoncent aux mortels des Cieux les pleurs fécondes;
On dirait que pour nous le Ciel ſe fond en eau;
Et je me ſauve à peine à l'abri d'un ormeau.

Au plus fort du taillis, dans le fond du bocage
Les oiſeaux retirés ceſſent leur doux ramage.
Les Cieux, les prés, les bois, & les champs ſont déſerts
Procné ſeule parait, & plane dans les airs;
Elle éffleure en volant le criſtal des fontaines
Que les vents du midi troublent de leurs haleines.

Le calme cepandant commence à revenir;
Le céleſte flambeau parait ſe découvrir.
Quelque nüage encore diſputant ſa lumière
Rèpand ſur les guerets ſon onde nourricière;
A travers les vapeurs ſon disque radieux
Dore des flots errants ſuspendus dans les Cieux, *

Enfin l'orage ceſſe... en forme de ceinture
Iris déploye au Ciel ſa brillante parure;
De la cime des rocs, dans le fond des vallons
Phébus étincelant fait pleuvoir ſes rayons.
Ses regards colorant les campagnes humides
Parſement les gazons de diamants liquides;
Des guirlandes de fleurs, dans les champs rajeunis
Semblent à l'émeraude enlacer les rubis.

---

* Nun funkelt die Bühne des Himmels, nun ſieht man hangende Meere.

O toi qui célébras ces fortunés rivages
Dont l'Aare en ſerpentant arroſe les bocages,
Toi, qui chantas ces monts, ces coloſſes glacés
Pour ſoutenir les Cieux, l'un ſur l'autre entaſſés;
Haller, pour peindre ici les richeſſes de Flore
Prête moi ton pinceau, teint des pleurs de l'aurore.
Voyez ces verds gazons, dont les mains de l'amour
De fleurs & d'arbriſſeaux couronnent le contour.
A l'ombre des berceaux, l'amarante les roſes,
Par les bienfaits du Ciel nouvellement écloſes,
En parfumant les airs d'une ſuave odeur,
A mes yeux éblouis font briller leur fraicheur.

O bois obscur, & frais, ô riantes prairies,
Verdiſſez à jamais, ſoyez toujours fleuries!
Daignez me recevoir, hélas ſi quelque jour
Je puis, me dérobant aux ennuis de la cour,
Couler dans vos bosquets des jours purs & tranquilles
Loin du faſte orgueilleux des chateaux & des villes:
Je ſerai trop heureux, & les tendres Zéphirs
Feront autour de moi voltiger les plaiſirs.
Permets alors, Seigneur, qu'admirant ta puiſſance
Je chante les treſors, que ta main nous diſpenſe!
Que juſqu'au firmament, par ma voix l'univers
Retentiſſe à jamais de tes bienfaits divers!

Et

Et toi rivage heureux, quand la parque ennemie
De ſes affreux cizeaux, viendra trancher ma vie,
Sois mon dernier azyle, & permets qu'à ma mort
Mes cendres après moi repoſent ſur ton bord!

L'AMOUR.

POËME.

Avant - Propos.

Ce ferait employer inutilement le papier, & encore plus le tems du lecteur, de mettre une préface en tête de cet opufcule. Je prie ceux qui le liront de le confiderer, moins comme un poëme, dont il n'a que le titre, que comme une piéce fugitive, premier effai d'une mufe naiffante. C'eft fous ce rapport que je réclame l'indulgence, dont a befoin une pareille bagatelle, qui peut être n'aurait pas du voir le jour.

L' A M O U R.

P O Ë M E.

CHANT PREMIER.

Je chante un immortel, un Dieu maitre du monde
Qui des uns fait le bien, des autres le tourment;
Qui gouverne à ſon gré les Cieux, la terre, & l'onde;
Vainqueur de l'univers, ce Dieu n'eſt qu'un enfant.

O toi divinité qu'on adore à Cythère,
Je célébre ton fils, viens inſpirer mes chants!
Je connais l'art d'aimer, apprends moi l'art de plaire,
Rends ma lyre ſonore, & mes accords touchants.
De Gnide & de Paphos ouvre moi les bocages;
Que ma muſe un inſtant puiſſe égarer ſes pas
Dans ces bosquets de myrthe, & ſous ces frais ombrages
Où les graces de fleurs couronnent tes appas;
Dans ces détours fleuris, labyrinthes de roſes
Qui ferment de l'amour le palais enchanté,
Sur ces gazons couverts de fleurs fraiches écloſes
Azyle du bonheur & de la volupté.
Venus! viens me guider dans ce bois ſolitaire,

Dans ces réduits obscurs, ou toi même une fois
Dans les bras d'Adonis, à l'ombre du mystère,
De ton fils triomphant tu ressentis les loix.
Que j'y puise à longs traits cet aimable délire
Et ce trouble enchanteur qu'on ne peut exprimer,
Dans ces lieux fortunés soumis à ton empire
Tout, en charmant le cœur nous dit qu'il faut aimer.

Et toi l'enfant chéri de l'amour & des graces,
Sexe aimable, par toi je dois être inspiré!
Viens! des sentiers de fleurs vont naitre sur tes traces,
Toi seul rends de l'amour le triomphe assuré.
Doux présent que le Ciel a fait à la nature
Pour faire au genre humain connaitre le bonheur
Du monde, en te formant, il te fit la parure
Et l'homme apprit bientôt à quoi servait un cœur.
Partageant avec toi ses plaisirs & ses larmes,
Son bonheur fut plus grand, son malheur plus léger,
Epanchés dans ton sein ses maux eurent des charmes,
L'amour & l'amitié vinrent les soulager.
Que ces hommes pervers, vils esclaves du vice
Dont le seul sentiment est la brutalité,
Sur toi, sur tes vertus cherchent avec malice
A verser le venin de leur méchanceté;
Criminels par état, leur adroite souplesse

Se fait un jeu de tout, ſe rit du ſentiment,
La ſenſibilité ſelon eux eſt faibleſſe,
La vertu n'eſt qu'un mot, l'amour qu'un jeu d'enfant.
Jugeant de tout par eux, dégradant la nature
Ils cherchent avec art à décrier les mœurs;
Tel, on voit dans les champs de ſon haleine impure
Un ſerpent vénimeux ternir l'éclat des fleurs.

Comme un beau jour d'été l'amour a ſon aurore,
Son crépuſcule eſt doux & brulant à la fois;
Qui prétend le braver le méconnait encore,
Et ſon cœur tôt ou tard en ſubira les loix.
Dieux, Monarques, Héros, Conquerants de la terre
A ſon char enchainés ont reſſenti ſes traits;
Toi même Jupiter, dépoſant le tonnerre,
On te vit quelque fois lui trouver des attraits.

Dès qu'amour a parlé, d'une ſecrette flamme,
D'un trouble tout nouveau le cœur eſt agité,
Et l'œil trahit bientôt le ſecret de nôtre ame
Par un tendre regard qui peint la volupté.
Son progrès eſt rapide, & la douce éſperance
En nourriſſant ſes feux, en augmente l'ardeur,
Quand on aime on ne peut croire à l'indifference,
Aimer ſans être aimé fait le tourment du cœur.

L'amant qui perd l'eſpoir de toucher ce qu'il aime,
Dans l'univers entier ne voit qu'un vuide affreux,
Tout lui ſemble odieux, il ſe déplait lui même,
Chaque jour le revoit encor plus malheureux.
Cherchant la ſolitude, au bord d'une fontaine,
Dans le fond des forets il rêve à ſes malheurs,
Aux échos d'alentour il raconte ſa peine,
Et ſes yeux nuit & jour ſont baignés de ſes pleurs.
Quelque fois enfoncé dans une grotte obscure,
Déteſtant la lumiere & fuyant les plaiſirs,
Il appelle l'objet du tourment qu'il endure,
Et profere ces mots qu'étouffent les ſoupirs.
„Cher objet de mes feux, cruel autant qu'aimable,
„O toi que j'aime encor, que j'aimerai toujours,
„Pourquoi faut-il, hélas, que ta rigueur m'accable
„Et que tes cruautés empoiſonnent mes jours!
„Ah! ſi quelque pitié pouvait ſaiſir ton ame,
„Si mes larmes un jour devaient toucher ton cœur,
„Si d'un regard, tes yeux daignaient payer ma flamme
„Jamais rien ne pourrait égaler mon bonheur;
„Mais hèlas malheureux, quel fol eſpoir te flatte
„Elle ne peut changer, elle eſt ſourde à tes cris,
„Rien ne peut adoucir tes tourments, & l'ingrate
„N'oppoſe à tous tes feux, que glace & que mépris

C'eſt ainſi pour jamais, que perdant l'éſperance.
Rien ne peut conſoler ce malheureux amant,
Adoucir de ſon cœur la mortelle ſouffrance
Et ſon dernier jour ſeul finira ſon tourment.
Des rayons de Phébus quand le couchant ſe dore,
Il gémit, il ſoupire, il accuſe le ſort,
Et dans les mêmes lieux, à ſon lever, l'aurore
Le voit ſe plaindre au Ciel & demander la mort.

Mais l'amant fortuné que l'eſpoir encourage,
Dont les feux ſont payés par un tendre retour,
De l'objet de ſes vœux partout trouve l'image
Et chaque jour encor voit croitre ſon amour.
La nature lui ſemble & plus fraiche & plus belle,
Pour lui tout eſt charmant tout eſt délicieux,
Le vif émail des prés, la verdure nouvelle
Semblent naitre & fleurir pour enchanter ſes yeux,
Tout rappelle à ſon cœur l'objet de ſa tendreſſe,
Son ſouvenir partout accompagne ſes pas,
Il le voit, il l'entend, il lui parle ſans ceſſe,
Ce muet entretien eſt pour lui plein d'appas.
Sur un tapis de fleurs, près d'une onde limpide
Dont le criſtal ſerpente à l'ombre des berceaux,
Il voit ſes doux moments, d'une courſe rapide,
A travers mille fleurs fuir avec les ruiſſeaux.

Dans la chaleur du jour, à l'ombre d'un bocage,
S'il ſe livre un inſtant aux douceurs du ſommeil,
Dans un rêve amoureux il croit voir ſon image
Et maudit mille fois le moment du réveil.
Doit-il voir ce qu'il aime, à ſon impatience
Une heure eſt une année, une minute un jour,
Mais plus prompt que l'éclair le tems fuit & s'avance
Lorsqu'il tient dans ſes bras l'objet de ſon amour.
Si dans un verd bosquet, avec ſa tendre amante,
Plein d'une vive ardeur il égare ſes pas,
La verdure eſt pour lui plus fraiche, plus riante,
A ſes yeux amoureux tout redouble d'appas.
Sur un lit de gazon, le long d'une onde claire
Dont Flore de ſes dons a couronné les bords,
Dans un épais réduit à l'ombre du myſtère
Ils ſe livrent enſemble aux plus tendres transports:
„O mon tout, dit l'amant à l'objet de ſa flamme,
„Mon cœur brule pour toi, rien n'égale mes feux,
„Ah! ſi pour moi l'amour a ſçu toucher ton ame,
„Au gré de mon ardeur couronne enfin mes vœux.
„Par un tendre ferment jure moi, tendre amie,
„Si je ſuis tout à toi d'être auſſi toute à moi,
„Mon amour ne connait de terme que ma vie,
„Mon cœur pour être heureux ne connait que ta loi.

„Cher amant, répond-elle à l'objet qu'elle adore„
„S'il ne faut que t'aimer pour faire ton bonheur,
„Sois heureux, car pour toi chaque nouvelle aurore
„En éclairant mes feux voit croitre mon ardeur.
„Tant que l'onde en ſon cours baignera ce rivage,
„Mon cœur en te jurant un éternel retour
„T'aimera chaque jour, s'il ſe peut, davantage
„Et mes jours finiront plutôt que mon amour.
C'eſt ainſi que deux cœurs qu'un tendre amour enchaine
L'un à l'autre attachés par le plus doux lien,
Se plaiſent chaque jour à reſſerer leur chaine,
S'aimer fait leur bonheur, ſe le dire eſt leur bien.
Leurs jours coulent heureux dans une douce yvreſſe,
Guidés par le plaiſir, & par la volupté,
Même gout les unit, même déſir les preſſe.
Si d'un trouble jaloux, l'un des deux agité,
(D'un rien ſouvent l'amour s'inquiete & s'allarme,)
Vient raconter ſa peine à l'objet de ſes feux;
Par un reproche doux, d'un regard plein de charme
L'autre a bientôt calmé ſon tourment amoureux.
Charmés plus que jamais de leur doux eſclavage
Leurs yeux, d'un ſeul regard ſe font mille ſerments,
Le bonheur leur ſourit; un baiſer ſert de gage
Et l'amour de témoin aux plus doux ſentiments.

O fortunés amants qu'unit même tendresse,
Que vous êtes heureux, que votre sort est doux !
Nul bien n'est comparable à l'amoureuse yvresse,
Les dieux, d'un tel bonheur doivent être jaloux.
Mais ces heureux transports qu'un cœur sent quand il aime,
Sont le prix qu'amour donne aux fideles amants,
Pour eux seuls ils sont faits, & le bonheur suprême
Couronne un cœur fidele & fuit les inconstants.
L'inconstance, en amour est crime impardonnable,
Son plus bel ornement est la fidélité,
Loin ce principe affreux maxime detestable,
Que l'amour est l'enfant de la légereté.
Dans les froides douceurs qu'offre l'indifference,
Il est permis au cœur de chercher le repos,
Mais qui sçait bien aimer déteste l'inconstance ;
Que ces charmes sont courts en raison de ses maux !

Fuyons dans ses excès la sombre jalousie,
Du cœur trop méfiant elle est l'affreux vautour,
Ses fureurs corrompant le bonheur de la vie,
Bientot elle devient le tombeau de l'amour.
Sans doute quand ou aime aisément on s'allarme,
Le désir d'être aimé de ce trouble est l'objet,
Pour qu'il puisse à l'amour ajouter quelque charme

Il doit ceſſer bientot s'il eſt né ſans ſujet.
Par ſes jaloux ſoupçons l'affreuſe méfiance
Eteint l'aimable feu des tendres ſentiments,
L'amour ne ſçaurait vivre avec là défiance
Qui fait à ſes douceurs ſuccéder les tourments.

Si l'amour offre au cœur des plaiſirs & des charmes,
Qu'il a ſouvent bien cher fait payer ſes attraits,
Que ſes rigueurs ſouvent ont fait verſer de larmes,
Que ſon humeur volage a laiſſé de regrets !
Mais ſans épine, hélas, on ne voit pas de roſe,
La peine trop ſouvent ſuit de près les plaiſirs,
Tachons d'orner de fleurs les fers qu'il nous impoſe,
Et que *l'amour heureux* cauſe ſeul nos ſoupirs.

CHANT SECOND.

Description du temple de l'amour.

Mais quels chants amoureux, quelle douce harmonie
Font retentir les Cieux du plus tendre concert!
Tous mes sens sont émus, & mon ame est ravie,
Ah sans doute pour moi l'Olimpe s'est ouvert ...
Des bergers couronnés de fleurs à peine écloses
Font entendre ces chants, ces ravissants accords,
Des bergéres près d'eux, de guirlandes de roses
Paraissent enchainer leurs amoureux transports.
Ils s'avancent gaiment, le plasir est leur guide,
Inspire leurs accents, & dirige leurs pas,
Au temple de l'amour, la volupté les guide,
Rien de ces lieux charmants n'égale les appas.

Sur les bords enchantés de l'isle de Cythere,
Lieux où l'affreux hyver ne pénetra jamais,
S'éleve un temple antique; un bosquet solitaire
Y fait regner toujours le silence & le frais.
Cent bocages fleuris unissant leurs ombrages,
Et parfumant les airs de suaves odeurs,
Font par mille détours, à travers les feuillages

Serpenter en tous ſens leurs dédales de fleurs.
Là tout ce qu'aux mortels prodigue la nature
Semble ſe diſputer le ſuffrage des yeux,
L'arbre uniſſant aux fleurs la plus fraiche verdure;
S'y courbe ſous les fruits les plus délicieux.
Des gazons émaillés des richeſſes de Flore
Couronnent le contour de limpides ruiſſeaux;
Leurs tapis arroſés des larmes de l'aurore
Invitent tour à tour à l'amour, au repos.
Mille oiſeaux amoureux, de leur tendre ramage
Troublent ſeuls de ces lieux le ſilence enchanteur,
Ils folatrent gaiment à l'ombre du feuillage,
Ils célébrent leurs feux, & chantent leur bonheur.
Symbole de l'amour, la tendre tourterelle
Par les plus doux baiſers provoque ſon amant,
La volupté ſourit à ce couple fidèle,
L'écho répete au loin ſon doux roucoulement.
A la porte du temple, une claire fontaine
De myrtes toujours verds couronne ſon canal;
Zéphir ſeul y pénetre & de ſa douce haleine
Ride légérement le liquide criſtal.
Source de volupté, ſa vertu merveilleuſe
Des amants fortunés redouble les transports;
C'eſt dans ce lieu charmant quela troupe amoureuſe

Dans un berceau de fleurs s'arrête ſur ſes bords.
Chaque amant fortuné boit l'onde enchantereſſe
Et de ſes tendres feux ſent redoubler l'ardeur,
En buvant près de lui, l'objet de ſa tendreſſe,
Sent bientôt même feu ſe gliſſer dans ſon cœur.
Mille tendres ſerments, des baiſers pleins de flamme
interrompent ſouvent leurs amoureux ſoupirs;
Et ces heureux amants que le déſir enflamme
S'avancent de nouveau guidés par les plaiſirs.
Ils entrent dans le temple; une épaiſſe verdure
Y regne tout au tour en forme de tapis,
Des guirlandes de fleurs compoſent ſa parure,
Et la roſe en feſtons s'enlace avec les lys.
La nature uniſſant ſes tréſors, ſa richeſſe,
Semble de l'édifice avoir fait tous les fraix,
Et l'art en y joignant ſa pompe enchantereſſe,
De la nature vient relever les attraits.

Vingt dômes de verdure, en forme de rotonde,
Du temple, en s'uniſſant déſſinent le contour.
Le portique ombragé d'une voute profonde
Porte ces mots écrits: *à Venus, à l'Amour.*
Du maitre de ces lieux tout annonce l'empire,
Et le marbre étonné, ſous d'habiles ciſeaux
Tour à tour s'amolit, & s'anime & reſpire,

Ici devient un Dieu, là s'écoule en ruisseaux ?
L'œil étonné s'arrête, il admire, il contemple,
Tous ceux qui de l'amour ont ressenti les traits;
Et son regard surpris, en parcourant le temple,
Voit partout s'animer des amoureux sujets.

Vénus parait d'abord sortant du sein de l'onde,
Telle on la vit jadis arriver dans les Cieux;
Tant de charmes nouveaux enchanterent le monde
Tant d'appas réunis étonnerent les Dieux.
Chacun d'eux animé d'une jalouse flamme
Cherche à fixer son choix; chacun briguant sa main
Au Roi des immortels la demande pour femme,
Et Jupiter décide en faveur de Vulcain.

Ici l'amour triomphe, & Vénus elle même
Céde aux loix de son fils, trompe un mari jaloux;
Tout l'Olimpe la voit dans un désordre extrême,
Se livrer avec Mars aux transports les plus doux.

Diane un peu plus loin, dont la rigueur austere
Toujours de la tendresse avait bravé les loix,
Rencontre Endimion dans un bois solitaire,
Et sent parler son cœur pour la premiere fois.

Là Jupiter quittant l'orgueil du diadême,
Abandonne l'Olimpe, & soumis à l'amour,

Se

Se mètamorphosant pour tromper ce qu'il aime,
Devient mortel, ou cygne, ou taureau tour à tour.

Appollon voit Daphné, soudain l'aime, l'adore,
Abandonne son char, la cherche, la poursuit:
Et le monde attendant le retour de l'aurore,
S'étonne d'un retard qui prolonge la nuit.
Cette nymphe, des Dieux implore l'assistance,
Et fuyant d'Appollon les transports amoureux,
Au moment où ce Dieu la croit en sa puissance,
Il embrasse un laurier pour l'objet de ses vœux.

Ici le tendre Alphé poursuivant Aréthuse
Vers elle avec ardeur précipite ses pas,
Mais tandis que l'amour d'un vain espoir l'abuse,
Il voit la nymphe en eau s'échapper de ses bras.

Là du Dieu Pan, Syrinx évitant la poursuite
Voit ses pas arretés par l'abyme des eaux,
Pleine de désespoir elle s'y précipite
Et les Dieux par pitié la changent en roseaux.

Hercule, aux pieds d'Omphale, aime, file, soupire,
L'amour en souriant triomphe de son cœur,
Et ce héros fameux que l'univers admire
Pour la premiere fois reconnait un vainqueur.

Dans le milieu du temple on voit trois immortelles
Disputer la beauté, quand sur le mont Ida,

Le beau Pâris choisi pour juger leurs querelles
En regardant Vénus, rougit & décida.

Mille sujets encor, dont la magnificence
Des amoureux bergers attirent les regards,
De l'amour, à jamais atteſtant la puiſſance
A leurs yeux enchantés s'offrent de toutes parts.
De mirthes, d'orangers un bosquet ſolitaire
Enferme au fond du temple un azyle ſacré,
Qui rafraichi des pleurs d'une onde vive & claire
Au myſtère amoureux ſemble être conſacré.
L'amour dans un berceau près de Pſiché folatre,
Et lui même étonné de reſſentir ſes traits,
De fleurs & de baiſers couvre ſon ſein d'albatre
Et de ſa mere croit retrouver les attraits.
Un autel, au milieu, couronné de guirlandes,
Offre parmi les fleurs l'image de l'amour,
C'eſt là que les bergers dépoſant leurs offrandes
Au ſouverain des cœurs s'adreſſent tour à tour.

,,Amour, dit un berger, c'eſt Chloris qui m'enflamme,
,,J'ai ſon cœur, & le mien cherit ſa douce loi,
,,Des plus cruels tourments que puiſſe éprouver l'ame
,,Punis celui des deux qui trahira ſa foi.

,,Dieu des cœurs, dit un autre, au gré de ma tendreſſe
,,Fais qu'en ce jour Eglé couronne mon ardeur,
,,Et que dans les transports de la plus douce yvreſſe
,,Son cœur moins rigoureux conſente à ſon bonheur.

„Amour, disait un autre, éxauce ma priere;
„J'ai le cœur de Phillis, elle a tout mon amour;
„Si son cœur doit changer ote moi la lumiere,
„Car sans en être aimé je ne puis vivre un jour.

Ainsi chaque berger, en offrant son hommage
Exprimait de son cœur les désirs amoureux;
Chaque bergere aussi, par un tendre langage
Priait le dieu d'amour de couronner ses vœux,
De chants melodieux la priere est suivie,
Le temple retentit des plus tendres accords,
La volupté se joint à la douce harmonie
Et préside avec elle aux amoureux transports.
Chaque amant fortuné, près de l'objet qu'il aime
Mêle à ses doux accents des amoureux soupirs,
Et le cœur enyvré de son bonheur suprême
Voit l'objet de ses feux couronner ses désirs;
Sur les gazons fleuris que ce bosquet ombrage,
Chaque amant, d'être aimé goutait le plaisir pur;
Quand l'amour, tout à coup, parait dans un nuage
Où brillaient sous ses pieds, l'or, la pourpre, & l'azur.
Il était dans un char ou Vénus & les graces
Le couronnaient de fleurs, le prenaient dans leurs bras,
Les ris & les plaisirs voltigeaient sur ses traces,
Des trésors du printems Flore semait ses pas.
Il sourit aux bergers, qui dans un grand silence
(Ayant fai ux plaisirs su céder le repos,)

De l'amour en ces lieux adoraient la présence ;
Et d'un air gracieux leur adresse ces mots :
„O fortunés mortels soumis à ma puissance,
„Amants qui connaissez le pouvoir de mes traits,
„Le bonheur amoureux couronne la constance
„Et sans fidélité l'amour est sans attraits.
„S'il est quelque bergere à mes ordres rebelle,
„Qui prétende jamais ne trouver de vainqueur,
„Un trait empoisonné punira la cruelle
„Et rien ne finira le tourment de son cœur.
Ainsi parle l'amour, & soudain le nuage,
Vers l'Olimpe montant conduit par les plaisirs,
Entr'ouvre du bosquet la voute de feuillage
Et disparait dans l'air porté par les Zéphirs

Les amoureux bergers font retentir encore
Le temple & les bosquets de leurs tendres concerts,
Et sur des lits de fleurs vont attendre qu'aurore
Revienne de ses feux éclairer l'univers.
Ces fortunés amants pleins d'une douce yvresse
Sentent leurs tendres feux s'augmenter chaque jour.
Et le cœur enyvré de bonheur, de tendresse
Célébrent à jamais les bienfaits de l'amour.

www.ingramcontent.com/pod-product-compliance
Ingram Content Group UK Ltd.
Pitfield, Milton Keynes, MK11 3LW, UK
UKHW021132230726
13926UKWH00002B/746

9 782014 439342